时间密码

洪瑜沁 著

华东师范大学出版社

目录

双面镜中的抒情与哲思（序） 祁鸿升 ………… 1

卷一：时间密码（2011—2017）

想起爱情 ………… 3
十月的摄者 ………… 4
滑翔伞 ………… 5
时光的味道 ………… 6
变 ………… 7
归 ………… 8
穿过黑夜的手 ………… 9
火狐 ………… 10
炊烟的呢喃 ………… 13
朝圣者 ………… 14
致花 ………… 16
迁徙的树 ………… 17
祭 ………… 18
召唤 ………… 19
隐语 ………… 20
虚构的春天 ………… 21
内纹 ………… 22
空信封 ………… 23
变奏 ………… 24

蛙鼓蝉琴 25
鹅卵石 26
另一种命运 27
低处的阳光 28
时间密码 29
卷土重来 30
时光的背面 31
牧羊的孩子 32
天地之间 33
午夜的刀子 34
有些再见，或许再也难见…… 35
末日之诗 36
牧羊的星星 37
三月，复活春天的神性 38
奔跑，在十面埋伏的田野上 39
坐在黄昏的高岗 40
你的春天如此消瘦 41
一树梨花，祭奠四月 42
致长子 43
一阵风吹进中年 44
走在半白半黑的发上 45
夏日之歌 46
子夜的小村 47
猜忌 48
抱着流水去看你 49
一个人的秋天 50
独白 51

搁浅的心............ 52
石头的暗示............ 53
冬日窗花............ 54
年味............ 55
月光如水............ 56
大地之灯............ 57
花开的声音............ 58
蓝色狂想............ 60
蓝月亮............ 61
沿着一朵花返回青春............ 62
一组微诗............ 63
　异域............ 63
　酒............ 64
　春天的河流............ 65
　元宵............ 66
致青春（组诗）............ 67
　顶着祥云来聚会............ 67
　有多少青春可以重来............ 68
　时间的迷宫............ 69
　一场停不下来的雪............ 70
　这些年疲于填空的生活............ 71
　一切都在酒里............ 72
　借一只风筝，放飞中年............ 73
　回到海，回到青春的故乡............ 74
窗棂............ 75
云上的日子............ 76
气息之海............ 77

远方，一个黑洞…………78
雨帘广场…………79
通往圆月的路…………81
在书店…………82
寂静…………83
唯一…………84
坐在一朵花上…………85
愤怒的大海…………86
与秋天干杯…………87
遇见雪…………88
偏爱…………89

卷二：折叠天涯（2005—2007）

春…………93
废墟的呻吟…………94
彼岸…………96
风中的消息…………97
走过…………98
秋色（组诗）…………100
　画卷…………100
　守望…………101
　沧桑…………102
　秋色…………103
遥望…………104
遇…………105
饮一杯酒，折叠天涯…………107

春望………… 108
十月的火种………… 109
十月的梦境………… 111
致兄弟………… 112
致青荷………… 113
六月随想………… 114

生命对诗歌的救赎与自救
——《一阵风吹进中年》赏析　曾　瀑………… 115

双面镜中的抒情与哲思（序）

祁鸿升

洪瑜沁的诗意之旅是从她上个世纪九十年代中期移居瑞士开始的，但真正的诗歌创作始于 2003 年。十多年来，她一直以巨大的热情致力于诗歌创作，写下了许多脍炙人口的佳作，诗集《时间密码》便是其中代表作的精选。由于海外华人的特殊身份，她的这些诗歌如同双面镜，一面映射着她眷恋祖国的故土情结；另一面折射出她面对异域文化的人生哲思。

镜像一：缘于乡愁的慧性抒情

华兹华斯在《抒情歌谣集·序言》中说过："诗是强烈情感的自然流露"，洪瑜沁是阿尔卑斯山雪峰之上望乡的游子，她的吟唱正是对祖国与故土眷恋之情的精致表达。在早期诗歌《春》中，她写道："塞北的雪尚未消融/江南的雨已缠缠绵绵/绿了杨柳，红了桃杏"，她用大写意的山水图景写出了她魂牵梦绕的祖国。在同期的诗歌《画卷》中，她则以工笔的方式，描勒出了平平仄仄、情韵绵长的山水画卷："仙人早已乘鹤去/只遗下/散落云中的几粒琴音/在群山间，轻轻滚动"，诗人融合了崔颢《黄鹤楼》中的悠悠意韵，也融合了高山流水的经典传唱，在奇特而质感的转喻中，流露出内心的点滴乡愁。

除了聚焦山水，诗人更多的时候会将目光转向故乡的亲人。诗歌《遥望》是写给外婆的，其中有一幅感人的生活小图景："一声轻咳，咳醒惊梦的孩子/三千里云影晃动/摇椅上/八十岁的老外婆正枕着我的童年入睡"。以"一声轻咳"传达出她想念外婆时的内心隐隐悸动，"正枕着我的童年入睡"，则以细节写出我与外婆超越时空的情感融合。《雨帘广场》是诗人写给母亲的诗歌，以江南水墨画的意境、乡村民谣的节奏、蒙太奇的手法勾勒出母亲大半生的生活境遇，抒写了诗人对母亲的拳拳之心，情感喻指丰富，象征意义深邃。结尾以夸张的诗句"我看见，阿尔卑斯的山顶上/飘满了母亲的白发"收束，写出我对年迈母亲的无限思念，令人读后唏嘘不已。而《致兄弟》则写出了对朋友的挂念："青龙马一声长啸，你已抵达江南/青瓦白墙，竹影摇窗，搅碎一地的月光/翠绿的诗句抽出隐喻的枝枝蔓蔓/鹅黄的月光，从故乡铺到异乡"。这首诗风格硬朗、节奏明快，切合抒写对象青春年少、意气风发的特点。同样是抒发情感，却与前面轻柔舒缓的节律迥然不同，反映了诗人对不同的抒情对象从容把控、精准拿捏的多重能力。

与许多海外华人一样，洪瑜沁虽然移居国外多年，却始终如一地跳动着一颗多愁善感的中国心。不过，随着年龄与阅历的增长，她的表达方式出现了一些变化，从纵情放歌渐渐向内敛沉潜转变，从向外延开拓渐渐向内景呈现延伸，这种隐性表达的诗歌内涵丰富，方向多维，成了她内心诠解故乡的密码。《牧羊的星星》这样写道："空旷的身体，装不下/越来越浓的月色/一块叫母语或方言的石头，轻轻压住/刀锋上摇摇欲坠的乡愁"。具象而冷峻的抒情，显得内景深邃、意味深长。诗集中类似这样写乡愁、写亲人的诗歌很多，但最具中国味道的还是《年味》：

我用长短句，虚构江南

小桥、流水、鳞次栉比的屋顶
月光黏稠，粘住父亲的咳嗽
小路曲折，通向母亲的鱼尾纹

独在异国，一杯红酒
勾兑寡淡的新春
咖啡上跃起千匹马
奔向纸上飘雪的故乡

年关近了，妈妈
快抓住我的手
别让我滑入汹涌的乡愁
在咸涩的年味里，日夜沉浮

诗人运用实写与虚构、跳脱与勾连相结合的写法，在如梦似幻的镜像中，写出了对故乡与亲人澎湃起伏而又细腻真切的挚爱之情。这里有着对故乡昔时直觉的豁然贯通和审美复合。乡愁主题始终贯穿着诗人十多年来的创作历程，成为照亮诗人内心的一面镜子。

镜像二：缘于异域的人生哲思

曾游历海外多年的北岛说过："汉语是我唯一的行李"，潜在地表明身在异乡的诗人面对异域风情与文化，会孤独甚至彷徨，甚而会深深地陷入一种身份焦虑，长期客居瑞士的诗人洪瑜沁也同样如此。在东西方两种不同的文化中不断摇晃、反复切换而难以自我定位，从而在内心生发出一种抓不住大地根系的漂浮感，使她不断转向自身进行深度思考与追问，这也是她诗歌不断向深处探求的动因。

《坐在一朵花上》这首诗准确地表达了海外诗人在异国漂泊中双面人生的疼痛与无奈："一生不能落脚的鸟/一生飞不回故乡的人/坐在一朵花上/忘却人间/陡峭如悬崖的身份"，流浪在外的华夏儿女时光易抛、桑梓难忘的无尽沧桑，只有他们自己知道。

身在异乡为异客，漂泊感增强了诗人的中年危机感，洪瑜沁因此写就了她的代表作《一阵风吹进中年》。这首诗被评为"中国好诗榜"2014 年度上榜诗歌，以隐喻式的感性显性，写出了中年游子的临危状态："一阵风吹进中年/我半旧的身体，哗哗作响"，此时此刻，生命只是一只"破损的陶罐"，而布满全身伺机而出的"豹子""蚂蚁""乌云"，随时准备给这只"陶罐"以致命的一击，以至于诗人发出了"起风了/草木倒伏/我必须稳住啊/这日渐倾斜的秋天"的感喟。诗人用"豹子"与"蚂蚁"这两个一大一小、一强一弱的精神实体呈现了一幅中年困窘的图景：既要承受豹子般异常迅猛的打击与疼痛，也要承受蚂蚁般绵绵不绝的啃噬与折磨。这首诗歌表明了中年人的危机意识，也表达了诗人"夕阳西下，断肠人在天涯"的内心苍凉。这几句诗以张力十足的情境意象、浑然立体的情绪向度，引起了很多中年人和海外游子的强烈共鸣。

诗歌《时间密码》是诗人在阿尔卑斯山仰望天空时的神性思考，在这首诗歌中，诗人的情绪像急速穿过刀锋的地下河流，尖锐、玄秘而隐晦："种植密码的人/隐于三界之外/他正抱着云朵/磨尖闪电的利器/天国的马车，隆隆满载人间秘密"，这几句诗从表象上看迅速脱离了逻辑上的轨道，以卓绝的视角和力量在三界之外自由放牧着自己的内心世界。但这首诗歌能始终在艺术与心理两个层面同频共振，将诗人游子的心理深度与哲理高度，通过抒情感知的转换与移位，形成意绪贲张而又隐而不发的情绪表达状态。像这样的作品还有很多，如《气息之海》《石头的暗示》《云上的日子》。在这些作品中，诗人能深入地阐发了人生哲理，于小诗中追求大气象："如今我身怀东风/青春烧不尽/如今我悲悯万物，不问朝代/只将危世，过成云上的日子"（节选自《云上的日子》），这是一种苏轼式"也无风雨也无晴"的大豁达，表达了诗人世事通达的洒脱。

无疑，洪瑜沁的诗歌既是故乡的，又是异域的；既是抒情的，又是理性的；既是传统的，又是现代的，是艺术与情感都很充盈的双面镜。总体看来，她的诗歌由于这种双面的交互建构，就脱离了扁平表达的浅薄与单一，呈现出卓然出众、内外生动的表达品质：意象立体诡谲、风骨劲健绮丽、情感细致多维、思想辽阔邃远，并不断地给我们带来意想不到的惊艳。

是为序。

2018 年 5 月 6 日

（祁鸿升，江苏盐城人，诗人，诗评家）

卷一

时间密码

2011-2017

插画　刘春潮

想起爱情

关于爱情
我们已很久没有谈论
在那场宿醉之后
女儿红越喝越淡，日子被打磨成水

藏于箱底的海誓山盟
在辽阔的岁月里，悄无声息
我们用炉火培烤浪漫
然后捧出
一碗碗闪光的米饭

2011

十月的摄者

从四面八方聚拢来
一支纵队，秋虫一般隐入深山
赶往秋天的深处

那里的阳光
正雕刻着季节的容颜
风打翻了调色盘
叶子在燃烧

不经意地，闯入
一朵花的呼吸
两枚浆果的密语，或者
山巅积雪下一棵小草沉沉的梦境

几声鸟鸣
拉长了阿尔卑斯连绵起伏的群山
十月的摄者，打开镜盖
让秋天走得更深

2011

滑翔伞

沉下去的是云雾
飘起来的是积雪

比云雾更低的
是山涧的溪水，野果上的秋霜
和一枚枚金黄的落叶

比积雪更高的
是金属般的鸟鸣，深邃的蓝天
和一朵朵悠闲的滑翔伞

一朵又一朵，五彩的云
飘过我们的头顶，飘向
山的另一端

风慢下来
时光慢下来
这个秋天
也一起慢下来

2011

时光的味道

葱郁，或者凋零
汹涌的时光，不由分说
吞进青春的光泽，吐出暮年的疼痛
吞进白发黑发，吐出坟冢的荒草
吞进人世间的繁华与苍凉
吐出历史的一缕轻烟

咀嚼时光，却无法说出味道
岁月交给我一杯五味杂陈的烈酒
我仰头饮尽，呛出悲伤、甜蜜
并渐渐上瘾
在无法预测的激流中
我只能做一尾，紧紧咬住命运的鱼

守住，我的时光之河
认真而卑微地活着
请原谅我刻意淡忘的忧伤、肤浅的快乐
在黯淡的洪荒里，像一只萤火虫
固守体内最后那点光亮，和暖
以及，像风一样穿越内心的
时光的味道

2011

变

为了融化一粒盐
她倾出了三江水
盐在她的怀里吹起号角
一座城市倾巢而动

像排列整齐的步兵，那些盐
一粒一粒，在水底行走
长出岩石的骨骼

呼吸日益深沉
血液里开出咸涩的花朵
鸥鸟萦绕，高一声
低一声，呼唤远古的潮汐

从怀抱一粒盐开始
羸弱的支流渐次充盈、辽阔
在激越的涛声里
完成一次伟大的蜕变

猎猎长风
举起浪花之手
拨响春天的琵琶

2011

归

我是少女峰下
一枚东方情调的玉
温婉的体内藏着一片海

阿尔卑斯喂养我
以明澈的泉水、花香、微笑
和与世无争的心

躺在时光里发酵
缺乏海水喂养的贝壳，是干渴的
经年的大雪
覆盖了来时路，模糊了旧场景

月光汹涌
血液里的风会呼啸
将体内的海水
一滴、一滴逼出

瞬间
回到我咸涩的故乡

2011

穿过黑夜的手

掏出月，掏出星星
掏出梦呓的河流

高高地，将灵魂抽离躯壳
擎一枚月，审视自己

将爱恨悲欢都放进河里
洗一洗，再理一理
思想的麻团，趁着月色
挂上树梢吧

试着放喉一歌
这厚重而妖娆的夜色
多么适合，释放自己

而后
和璀璨的星群一起隐没
一切归于原位
归于世界既定的秩序

穿过黑夜的手
点亮
黎明之灯

2011

火狐

（一）

火狐骑着雪花，雪花骑着风
惊醒沉睡中的森林

一声长啸，喊停风雪，红日急驰
点燃巨型火把

雪在烧，霞光万丈，森林透明
显山露水
解开冬天的绷带

被层层包裹的
桃花、溪水和稻香
从地下发出低鸣
蓄势待发

（二）

寒冷未尽，枯瘦的枝条上
有火狐隐忍的伤
它在月光里清洗的伤口
绽开红梅

必有假寐的毒蛇
惊觉，吐出丝丝红信
盘旋在苹果树上
觊觎

抽掉骨骼的风
蛇一样滑行
春天的魔盒即将打开

（三）

火狐的尾巴扫过森林
扫过草原
绿统治了一切

阳光金黄的呼啸
打开了
宝石的红色内核

桃花的红，玫瑰的红，红鸟的红
都不及火狐高贵的红
燃烧且沸腾的红

（四）

河面上漂流着一把把
闪光的竖琴，声声鸟鸣

扑溅出花香。千军万马的红
在每一个角落奔突、蔓延

夏娃醒来
亚当醒来
等待火狐造访

2011

炊烟的呢喃

在奶酪与咖啡飘香的空中
我一直，放牧着一群羊
这群特立独行的羊
它们的咏叹调，如此与众不同

在我的屋顶
吴语呢哝，踱着悠闲的方步
唱一曲江南小令，怀想家乡的河流
或南腔北调，哼几段地方戏曲
水袖里飞出绯红的晚霞

搭一列火车，抵达天堂
告诉外公外婆：开饭了！
羊的一声召唤，他们躬身而探
与我们一起，围坐而食
就着世事煮沸的肉汤
将隆起的米饭消于无形

这群洁白的羊，原是祖传的珍宝
带着血脉、姓氏、故土的印记
浪迹天涯
抱着它们取暖，滋养生活
在异国的上空，撞开
故乡之门

2011

朝圣者

为抵达神圣的殿堂
一条山路
象鹰一样盘旋
向更高处亮翅

当迷雾纠缠，隐于丛林奔突
遇豺狼
遇滚石
遇精心布置的陷阱和迷宫

这一路，披荆斩棘
擦亮信念的刀锋
刀锋的两面
是生与死，爱与恨，罪与罚

穿过，前世今生的苦难与幸福
抵达，云海深处落日铜镜的故乡

将沸腾的热血，祭奠晚霞
捧出体内的水晶，交予一朵雪莲
重获处子的安宁

夜幕慈悲，降下满天繁星
轻轻覆盖

朝圣者落寞寡欢的一生

2012

致花

花，你是春天的孩子
每一个三月
都随一蓬芳草返青
随一朵桃花返回枝头的红
象新生儿一样发出响亮的啼——

你喊一嗓子，枝头就苏醒
你喊一嗓子，河水就奔腾
你喊一嗓子，春天就透亮

做一只蝶，或一只蜂
被姹紫嫣红迷了方向
被油菜花金黄的火焰灼烧
暂忘，年轮撕咬的疼痛

东风浣洗的青草，芬芳了
柔软的风景
掬一捧花样的溪水
浸润心底荒芜的梦境

请允许我，站在辽阔的春色之上
给你清澈的目光
保持一只白鸽的简约
用干净的嘴巴，说出朴素的祝福

2012

迁徙的树

候鸟一样迁徙
悬空的树，抓不住大地

粗粝的根抛下
生存的铁锚，与陌生的土地
短兵相接。奇痒，红肿，疼痛
水土不服

残缺的叶子，抱不紧
葱茏的异国梦
时光的深谷里
故乡转身而来背身而去

悬空的树，抓不住大地
候鸟一样迁徙

2012

祭

近些，再近些，千山万水的
跋涉，只为一次抵达

荒草高过生命的地方，鸟雀收声
香火一截截矮下去，蝴蝶飘出记忆
停在石上、草上
摇曳的野菊花上，轻轻扇动
泪光的薄翼

卸下疲惫、愧疚和不安
将骨头里的暗伤裸露于夕阳下
内心的河流破冰而出
向低处，更低处
倾泻

2012

召唤

以不为人知的频率，一种声音
隐约响起，似午夜两点的
潮水，漫卷而来

定是黄昏的敲钟人
在我的耳内，藏匿了一只秋虫
把散落云间的钟声，重新拢回

一千座城市的灯火
振翅共鸣，将密不透风的
梦境，搅得风生水起

召唤，以月光之弦
将沉睡的我推向未知的河流
万顷碧波之上，轻舟
远去

2012

隐语

我们在彼此静默的岁月中
沉寂了许多年，隐秘的星河
浮起秋夜

无法探究它的源头，一个词
源自何处，我们想象的翅膀
落在比群星更遥远的地方

不死鸟衔来的灯盏，呼啸成风
象一个隐喻，在我们之间
不寂不灭

2012

虚构的春天

这个春天我并不打算
赞美桃花，虚构的情节
早已被鸟兽啄食干净

推开幻镜，四月的病症
依旧。石头一样失语
习惯一种疼痛

走出烟花的女子
面容清晰，她的琴声
来自空旷的天空和流水

2012

内纹

从我中走失，再回到我
这个过程，比在悬崖边倒立
更为惊险。偏左或偏右一分
都将万劫不复

习惯在黑夜逃遁，把衣装
面具，以及表情模糊的面容
留在屋内，并在桌上留下纸条：
“此时此地我不在。”

和自己的影子交谈
或与一棵树交换秘密
夜的斗篷上，镶满
自由闪烁的星辰和灵魂

从胸口呼啸而出的两列火车
南辕北辙，它们
彼此分离又彼此汇合
像一个无解的怪圈

一次次打碎自己，又重新拼回
镜面光洁如昨。一些裂痕
被流水抚平，而另一些
被岁月珍藏，成为生命的内纹

2012

空信封

打开闭合的蝉翼，两页纸的漏斗
注入一勺月光，湖水悄然漫开

一尾柳叶鱼漫游，一尾跃起、沉潜……
越来越密的鱼群游向同一处，追赶漩涡

疾风推动水流，湖面剧烈晃动
乱作一团的鱼相互碰撞、撕咬
颤栗的薄壁，即将破裂

风止。合上的空信封
抱紧几道皱褶，轻颤不已

2012

变奏

多情应笑我，早生华发
——苏轼《念奴娇·赤壁怀古》

手持令箭，白衣人日夜兼行
在黑衣人的领土上
种下孤独、衰老与疾病

迅速繁衍的荆棘
举着一枚枚
坚硬的白刺，划破
华美的黑绸缎
裂帛的巨大声响
穿透晨钟暮鼓

歃血为盟的黑衣兄弟
与青春割袍断义
随白衣人涉河而去
悲泣的河流，翻滚着
马匹的嘶鸣和闪电的咆哮

时光女神怀抱琵琶
终将在我的头顶，弹溅
一场雪崩

2012

蛙鼓蝉琴

是时候了！
大能之手，举起锋利的镰刀
割断时空的经纬

倾覆。撞击。毁灭
世俗的次序和规则
坍塌
倒流的时间中
万物溯洄

被城市割伐的森林，重新
拔节而起
飞禽和小兽，挣脱
文明的废墟
沿着上帝的指纹
回到最初的家园

山明水秀，蛙鼓蝉琴
多么和谐！
像一场，不曾期许的完美爱情

2012

鹅卵石

饮尽，咸涩的酒
低飞的白昼和夜晚
穿过深海之门
一枚枚饱满的月亮
呼之欲出

将尖锐的火焰与马匹
拴于菩提树下
在卑微的体内，酿制一场
旷日持久的禅定

裹紧蔚蓝的涛声
时光的漩涡，止于内心
它们卸下的风暴
足以营造
一面呼啸奔腾的大海

2012

另一种命运

平息最后的潮汐
体内的时钟，停摆

云朵迁徙，雨水浇灌的
命运，有另一种汹涌
保持石头的质朴和隐忍
低下去的生活，紧贴土地

为节节拔起的楼房，写下注脚
沥青色的河流，穿城而过
壮丽的街道，驮走一个又一个黄昏

扛起命运的重量
沉默的外乡人，将城市的
繁华，又垫高一寸

2012

低处的阳光

金子般的流沙，倾泻
大地深处
一簇簇火焰，擦亮万物

将高处的虚妄，还给风
还给云烟
还给飘忽不定的梦
认领低处的真实

向大地致敬，献出
温暖的唱词
卑微的小草和田间弯曲的
背脊，熠熠生辉

抬起低垂的头颅
内心的向日葵，苏醒
旋转如歌

2012

时间密码

种植密码的人，隐于三界之外
他正抱着云朵
磨尖闪电的利器
天国的马车隆隆，满载人间秘密

闪电击中相爱的男女
雨水启动种子的生长
白昼诞下黑夜的子嗣
春天的火焰，燃尽荒芜

“时间是时间的灰烬”
——谁能穿越虚无之门
将光阴的补丁，缝上沧桑的衣襟？

拥抱火焰的，必将拥抱灰烬
品尝繁华的，必将品尝凋零
荣耀高处的，已没入尘土
遍地新生的，正卷土重来

时间密码缔造了万物的伤痕
你的辽阔，还在轮回的路上

2012

卷土重来

时光之瓣，掉入深井
盛大的秋天，不盈一握

凋零的花朵与鸟鸣
比落叶走得更远
离人的脚印，布满大地

被深秋的美，灌醉
初雪，多像一个人醉后的狂草
将内心的火焰，大白于天下

沉睡的王者
手握桃花与溪水
必在风暴的中心
卷土重来

2012

时光的背面

不必打碎镜子
黑夜是一面完整的海

跳入梦境。水手
幸福的身影，像一粒草籽
掉进葱茏的鸟鸣

他从梦里向外投掷火把
点亮寒星光
煮沸月色
将夜烧出一个窟窿

让一只鸟，飞进
时光的背面

2012

牧羊的孩子

最后的羊群，早已
漫涌进，时光的栅栏

他扬鞭
赶着流浪猫
赶着干瘪的早晨
赶着浮肿的城市
瘦骨嶙峋的春天
他要把它们赶到天上去
和肥美的云朵，一起吃草

他用春天的闪电
缝补城市的旧衣
等待三月的新枝，抽出
失踪的鸟鸣

2012

天地之间

抱紧低处的生活，一条河
豢养鱼群、落日和云朵
不说喑哑的沉船、凛冽的疼痛
涟漪之上
捧出内心雀跃的繁灯

藏梦于陡峭的云层
擦亮星星的低鸣
月亮的背面
亲人正沿着炊烟，走回故乡

越跑越瘦的河流
奔赴天庭深邃的大海
尘埃将她越抬越高
在天地间
划出命运起伏的掌纹线

2012

午夜的刀子

风雪的箭镞，击穿虚掩之门
大地破败
交出最后一枚羽毛
贫穷的冰窖里，孩子手捧火柴
照亮老人的咳嗽

没有影子和脚印
一道门背后，真相不明
隐形人衣冠不整，掏出
零点的刀子

“必须冻结一条河流的奔腾。”
“又一个善良的灵魂，升上天堂。”
对答之间
大地沉降，遮掩它
止不住的颤抖和羞愧

2012

有些再见，或许再也难见……

兄弟，岁月在你的额头
种下太多荒草
你的眼眶，盛满辽阔的沧桑

看见你，如同看见自己
在一枚硕大的落日里
渐渐矮下去

闻鸡舞剑的长亭短亭
瘦成一潭鹤影，轻狂少年
早已绝尘而去

躺在你宽厚的笑容里
垂钓往事，旧日的好兄弟
在你的唇上，一一复活

离别的驿站，摇晃成
夕光中的一湖秋水
漫过你我，潦草的一生

2012

末日之诗

也许黑暗不再散去
太阳躲进自己的巢穴
洪荒酝酿已久，时针指向
最初的混沌

诺亚方舟带走最后一个童话
河流之上，谁将宣布终极审判？
羊羔们默默祈祷，高耸
信仰的桅杆

黑象巨大的窑洞，没有谁的
头顶，高过蝙蝠的翅膀
富二代、政客、白领
农民工、妓女、乞丐
请在此时和解
水将漫上来，带着
最后的善良，淹没一切不公

2012

牧羊的星星

远离故土的羊群，淹没在
异域辽阔的草色里
有时连风也找不到它们
低微的呼吸和心跳

落寞的羊、迷途的羊
跌倒在危险的风口
直到牧羊的星星，唤回它们的
姓氏、血脉和安宁

空旷的身体，装不下
越来越浓的月色
一块叫母语或方言的石头，轻轻压住
刀锋上摇摇欲坠的乡愁

在一颗星和另一颗之间
安睡着大片羊群
星星俯身，擦亮它们胸口的石头——
这温润之火，足以焚烧黝黑的孤寂

一只只羊，沿着
梦呓的小径，回到久违的故乡

2013

三月，复活春天的神性

秋色凋敝的城池
潜伏着三月
潜伏着半壁鲜活的春色
惊蛰之子手掌上的雷霆
落地生根
复活春天的神性

打开三月的折扇
翠绿的鸟鸣，越过高岗
蝴蝶身陷桃花
说出春天的证词
炙热的词语
像滚动蔓延的花火
成为大地崭新的修辞

2013

奔跑，在十面埋伏的田野上

必须奔跑，乱箭穿空而来
野马在身后嘶鸣
你身上的毒，隐隐发作

踢翻桃花的灯盏，逃离
蜜蜂、蝴蝶和致命的爱情
你用沧桑的盾牌，抵挡春天

奔跑，在十面埋伏的田野上
你被春天追赶，又像在追赶春天

2013

坐在黄昏的高岗

坐在黄昏的高岗，你等待
落日这头狮子
闪光的鬃毛由金黄转为火红
千万头霞光的狮子
奔跑，赶赴每一个隐秘的角落

卑微的生命，在此时称王
蚂蚁停下脚步，戴上夕阳的桂冠
劳作的人们，身披红披风
用荣光，洗涤影子疲惫的白昼

坐在黄昏的高岗，烟树惆怅
走进自己的黑暗
狮子一次次失约，足陷雾霾
你重重地咳，又重重地咳
企图咳出
模糊碎片里形态完整的黄昏

2013

你的春天如此消瘦

——写给雅安

被藏匿的魔咒，卷土重来
一瞬间，苦难的舌头
将你舔瘦
无数折损的羽翼，滑向深渊

该拿什么来拯救你?
你的春天一片狼藉!
脆弱的血脉，断裂于地心
呼号的灵魂，消失于遥远的雨幕

像林间丛生的幽火，你隐忍
咀嚼生命黑暗的枯枝
只把这蚀骨的疼痛，擦拭锋利
让每一根伸向你的枝条，都深深颤栗

2013

一树梨花，祭奠四月

那么多美丽的瓷片
碎在怀里
作为废墟的遗物：一个孤儿
他不再试图黏合什么

零碎的生命，已无法捡拾
只有疼痛，是一匹完整的野马
一夜间，他的眼神
有了旷野的孤寂和苍茫

取下命运上空
虚幻的云朵，将残破的羽毛
埋葬于河底
从此，他和一株梨树相依为命
每逢四月，吐出朵朵祭奠的白花

2013

致长子

从此，你要像鸟一样活着
把风雨当作必需品
用飞翔决定方向和高度
以一次次的升腾，抵抗深渊的诱惑

你要小心避开
雷火、明枪和暗弓
远离嗟来之食
警惕盛宴背后的陷阱和牢笼

为匍匐于低处的生活，飞翔
用辛勤筑巢，给爱情
一个可靠的居所
给山川和森林，披上翠绿的鸟鸣
劝说逍遥的云朵，回到干涸的河床

此生，天空是你最大的酒杯
飞过命运上空，梦想的豪饮者
翼下这片焦灼的土地，才能成为
你的江山你的信仰
你小小的身躯
才会像一团图腾的焰火，引领春风
擦亮大地怀抱中的万家灯火

2013

一阵风吹进中年

一阵风吹进中年
我半旧的身体，哗哗作响
像一只破损的陶罐
依旧承接着
生活的阳光、雨水和尘埃

身体的漏洞，被风一一揭示
疼痛的豹子，伺机而动
膝上乌云聚散
一千只蚂蚁，爬上裸露的神经

时光虚掷，堆积
浓重的秋色
迫我交出，盛夏的果实
和私藏青春的蝴蝶

起风了
草木倒伏
我必须稳住啊
这日渐倾斜的秋天

2013

走在半白半黑的发上

提一盏风灯
走在半白半黑的发上
一条拐弯的河流，对折了
我的人生

风只轻轻推了一把
宽大的袖笼里，众鸟
纷纷出逃
——这飞翔的旋转的时间狂流
虚构了我的前半生

一路西行，白色火焰
已越过半壁江山
抱紧美酒和短笛
内心的草籽
正在我飘飞的裙裾上，发芽

2013

夏日之歌

七月流火，炙烤我
发上的黄金
肌肤里的海水，嘶嘶作响
煎晒出骨头里的盐

背面，暴雨滂沱
坍塌的泥石流
冲垮眼角的河堤
制造悬空的尘世和一生

灵魂透明
行走在镜子的两端
玻璃和沙石的旧事里
容颜不曾篡改
春天也未被缝合

夏日的命运
被路过的云朵，涂写
季风的烈焰
止步于月光清凉的红唇

2013

子夜的小村

夜风的波浪里，月亮之手
摸到小村黝黑的背脊
虫鸣洗涤过的鼾声，组成了
月光的上半部曲
下半部还在失眠者的琴键上

四方桌子蹲在屋角，村子里的
青壮年曾围着它高谈阔论
各类城市地名穿梭于乡土音的
高速公路。稻香和蛙鸣
丢失在地图的迷宫里
梦想进进出出，踏出无数条岔路

岔道上消失的肉身，留下
灵魂的虚壳
炊烟温暖的河道，招不回
远游的鱼群。留守者
血液澎湃的涛声将小村围成孤岛
子夜，星星的钩子
掉进它海域宽阔的孤独

2013

猜忌

当毒汁四溅，虚妄之火
燎原，高于头顶的
自负，出鞘
你笑傲江湖，飞叶走石
击倒一百个假想敌
喉咙中的野火，烧毁
城堡、花园和最后的栈道
有毒的香水，一滴就埋葬天堂
不过将孤独还给孤独
你笑到哭
你的决绝，无人喝彩

2013

抱着流水去看你

路过高山，我把沙石留下
路过池塘，我把鱼虾留下
路过高速公路，我把蜿蜒的河床留下
路过油菜花田，我把阳光的披风留下

只剩下流水透明的内心
和它内心干净的天堂
累了就睡在流水摇晃的眠床上
用星星的图钉，将梦固定

抱着流水去看你
给你湿漉漉的爱
我的爱绵长
我的爱，转瞬即逝

2013

一个人的秋天

落叶，飘过眼睛的栅栏
抵达一个人
紧锁内心的秋池

风起处，狂草的笔锋
反复勾勒出流云、落日、瘦马
和大海的低吟
远山飘渺，阻梗在喉
让所有词语都背过身去

一列火车，沉默着
穿行隐秘的火山口、桃花谷
藏匿小兽的丛林安静下来
听落叶，描摹大地的悲欢
信手翻阅
一个人卑微的孤独

2013

独白

不得不写到火
和火中萎顿的事物
不得不提到落叶
叶脉间深藏着秋风

硝烟起于萧蔷
止于萧蔷
不愿倾出的沧桑
埋于舌根下的泥土

幸好有秋天，容纳荣枯
回归最初的静美
幸好有时间这把钥匙
可以锁住昨天，打开明天

2013

搁浅的心

一群乌鸦，扇动漆黑的风
熄灭父亲的肉体
吹散了，一个人的浮世清欢
庞大的城池
坍塌、入土、消隐于时间的缝隙

骨灰渐冷，安放灵魂的山水
衣衫寂静，皱褶间
还藏着父亲生前的雷电
藏着人间的海市蜃楼

穿上父亲的旧衣
他穿上了纯棉的生活哲学
穿上了丝绸的梦想和信仰
随风起伏的爱恨
深邃的疼痛和孤独

让一颗搁浅尘世的心
推开，重生的玄门

2013

石头的暗示

不曾想到
我的生活受制于一块鹅卵石
幕后军师稳居书桌，指挥我的言辞
说出中年滴水不漏的智慧
这个胸藏大海的家伙
擅长隐身术、易容术
窥探我波澜不惊的生活

向子夜索取刀子
在黑暗的腹中，剥离生活的面具
我听见镜子与白墙间
鸥鸟声此起彼伏
看见窗帘翻飞出浪花
书桌木纹的漩涡越转越深

我跌入凛冽涛声的漩涡
掏出深藏内心的大海
鹅卵石回到阔别已久的故乡
我掉进自己的海，狂野的
马蹄即将踢破
生活巨大沉闷的容器

2013

冬日窗花

冰凌花令我窃喜不已
这道天然屏障，冻结了
聒噪的舌头
热辣的窥视再不能与阳光为伍
将我的隐私层层穿透

我立体主义的生活
泾渭分明
自由在窗内走动
嘲笑窗外的木偶
被世俗的绳子牵来牵去

白色魔术帽
收走了窗外的风景
收走了车水马龙的世界
死寂的针尖
戳破巨大的恐慌

一夜之间，我被关进
冬日的水晶牢笼！

2013

年味

我用长短句，虚构江南
小桥、流水、鳞次栉比的屋顶
月光黏稠，粘住父亲的咳嗽
小路曲折，通向母亲的鱼尾纹

独在异国，一杯红酒
勾兑寡淡的新春
咖啡上跃起千匹马
奔向纸上飘雪的故乡

年关近了，妈妈
快抓住我的手
别让我滑入汹涌的乡愁
在咸涩的年味里，日夜沉浮

2014

月光如水

倘若灯盏凋零，黑夜深沉
尚可安放疲惫的灵魂
而今星子垂落，月光倾泻天穹
冷色调的春风一吹再吹

“我们的蛇已褪尽闪电”
白色火焰仍在蔓延
所有幸福都像偷来的片刻欢愉
月光那么亮，把我们的痛楚
照耀得格外清晰
要我如何藏匿
左心房里的爱人和在喉头滚动的故乡

月光之海荡漾，卷起百尺孤独
辽阔了人间不可泅渡的荒凉

2014

大地之灯

“大地躺着，我行走其上”
一个人的旅程
怀揣忧伤的大海、迷惘的沼泽
风吹不灭，刀光剑影的孤独和寂寞

像无法摆脱的原罪，我们皆来自黑暗
不甘潦倒于黑暗，一生都在盗火
向流水索要闪电
向深渊的小草，盗取露珠的灯盏
劫走花朵摇曳的火把
挖取果核内深藏的发电机

仰望星空，我们并非紧依灯旁的侧影
拨亮头顶高贵的信仰之光
血液澎湃，正扑溅出
爱、良善和悲悯的火花
炙热的生命之灯
向着远方，继续大地无垠的修行

2014

花开的声音

（一）

开至秋天的女人花
拥抱过夏日的盛大
拥抱过青春之翼煽动的万顷波涛
如今她频频举起落叶静美的酒杯
向凋零致意
向烽火蔓延的苍凉致意

（二）

收敛起花香的锋芒
她臣服于伟大的生活
在水与火的围攻中
变换一千张面孔
一千张面孔扮演生活赋予的角色
当生活在她的手中风生水起
她却一再忘记自己的花期

（三）

拐进诗歌的秘密花园
她内心的琴弦颤抖

虔诚的朝圣者，在语言的美学殿堂
发出第一声细微的音符
她一层层打开自己
打开深藏花心的鸟鸣
多声部的华丽乐章
一万把蓝色风琴
奏响一曲澄澈的交响！

2014

蓝色狂想

拉开紧密的时光帷幔
大海省略了宏大的历史叙述
一匹白马，正穿越岁月的真相
赶往你童年的葡萄园

湮灭的梦，被晚风一颗一颗吹亮
在自我的教堂的尖顶之上
一枚新月枯坐
用你往世的忧伤，谱写今生的
蓝色狂想

2014

蓝月亮

无数次我走向你
对你点头和微笑
你习惯用云朵遮掩雀斑
就像我习惯依赖粉饼和胭脂
你羞愧于圆缺不定的秉性
而我无奈于悲喜无常的命运
我们的不完美如此相像
只有这面蓝色的大海
可以洗尽，我们的忧伤和绝望

2014

沿着一朵花返回青春

翻过一层层潮汐般涌动的栅栏
摁不住，芬芳漩涡里
扑溅而出的闪电和鸟鸣

沿着花心洁白的扶梯
拾阶而下——
邂逅，白衣少年琥珀色的爱情

他目光里浮起的盛世
缀满旧时盟约
马匹嘶鸣在万籁俱寂的青春深处

坐在永不褪色的春天里
我们新鲜欲滴
却仍不知如何去爱
只将彼此庞大的孤独，一遍遍拥抱

2015

一组微诗

异域

你是你自己的故乡
你是你自己的异域
静极。一抬脚
你已迈过了灵魂的疆界

酒

一杯，一个我晃成另一个我
再一杯，无数个我搭上远行的火车
一杯又一杯
坊间传闻：我已人间蒸发！

春天的河流

一把无弦琴，缓缓
奏出两岸新绿
所有鱼儿
都以为自己是一枚闪亮的音符

元宵

咬一口，破了虚构的团圆
内心的缺口从未修补
倾出家乡的味道，浇灌异国
一个人的春天

2015

致青春（组诗）

顶着祥云来聚会

备好阳光
天空回到青春的蓝
三十年的时光压缩成一个地址

顶着祥云来聚会
把自己包装成一个礼物，奔向
千万次投递而未达的地方

请为我盖上母校的邮戳
让我们每一次的出发，还能找到
返程的路径

有多少青春可以重来

回到青葱岁月的故乡
抱一抱，我们瘦下去的青春
你的错愕，如同我的错愕
唤一声学名
生生地嫁接，今天的模样

随熟悉的声音，折返旧时光
还是意气风发的你
还是青涩如初的我
所有的变形，在一瞬间
失去了主张

有多少记忆的潮水
反复冲刷你我
企图刷新，我们用旧的青春

时间的迷宫

蜷缩身子，才勉强挤进去
年轻的桌椅
装不下我庞大的中年
此刻惊觉：熟识的老教室
早已更改了密码

在似曾相识的课本里
翻找青春的大海
时间的迷宫，幻影交叠
拍拍记忆之门
盛大的阳光，应我以太息……

在黑板上写下：
“君不见黄河之水天上来
奔流到海不复回”
此时的粉笔灰，宛如岁月的落叶
萧萧而下

一场停不下来的雪

我相信，你就隐身在一场大雪里
在一只麋鹿的身后
我们的青春，因此苍茫辽阔

我相信，这场浩瀚大雪
在你的血液里下了三十年
积攒成石，不曾融化

这场雪，我以为我们忘了
直至老师的头顶
以雪崩的姿势，惊醒你，撞伤我

我们的发际，也隐约闪现
一场大雪藏匿多年的影子

这些年疲于填空的生活

这些年，你小心藏起叛逆的舌头
拽紧手中的果实
这些年，你充耳不闻雷霆
将奔腾的潮汐，锁进鹅卵石

这些年，你在生活的无底洞
贴满母亲、妻子或女儿的标签
命运将你呼来喝去
在疲惫的颠簸的路上，你一次次掩面

疲于填空的生活
像一张无法支付的绝望账单
风在你身后吹呀吹，渐渐吹出
一个更大的空白

一切都在酒里

你说，一切都在酒里
那么，喝吧！
鲜红的液体象征着曾经的青春热血

省下二十七年的故事，用酒精
反复擦拭只属于我们的三年
把体内晃荡多年的潮水
一次掏干净吧
酒，可以释放些什么
也可以隐藏些什么

所以，喝吧！
即使不胜酒力
我们已吞下整个青春
如今正一口一口，抿下中年

借一只风筝，放飞中年

一个人，被年轮缠得太久
脚下就会生根
深陷低处的生活

一个人，偶尔也想拔出自己
借一只风筝
去摸一摸，天空闪亮的翅膀

踩上风，扑进危险的蓝天
一个中年人
用一根丝线绑住自己
一遍遍模拟，少年轻狂的飞翔

回到海，回到青春的故乡

必须回到海
回到乡愁的源头
安放我们远去的青春
用一瓢海水，洗涤中年的浮躁

必须回到海
修补岁月的破绽
唤醒骨头里的盐
拔出血中深藏的芒刺

只有这面海，慰藉心灵
让我们重获勇气
再次跳进滚滚人潮
去穿越，未来坚硬的生活

2015

窗棂

阳光和风，在方框里走动
浩瀚的星空和宇宙也是
从梦里伸出手
可以摸到，它质实的边框

像世界的尽头
每一条路都奔向它
这木质的容器，接纳远方
和晃荡的生活

收拢翅膀，安心
成为它橘色灯影的一部分

2015

云上的日子

幸好有炊烟
将低处的生活，送上云霄
幸好有诗歌
垂下云梯，解救久困石头的人

与云端的先贤，品茗交谈
看袖底东风浩荡，万川奔流
像热泪一次次刷新人间
把辽阔与澄明，交付于我——

如今我身怀东风
青春烧不尽
如今我悲悯万物，不问朝代
只将危世，过成云上的日子

2015

气息之海

你走向我
透明的气息之海，涌向我
漂浮的楼房和街道
万物卷入漩涡

沉默的海面，绷不住
语言飞溅的浪花
诡异的深海鱼，游弋于
你我眼神的交汇处

两座大海的交锋
将彼此围成孤岛
你有隐秘的地下宫殿
我也有，豢养猛虎的暗礁

2016

远方，一个黑洞

大雁飞过白昼和黑夜
大雁数不清星星和灯盏
父亲，我们谈论的远方
究竟有多远

一个远方的地名
是我童年记忆的黑洞
另一个远方的地名
是父亲老年生活的黑洞

消磨在时间和距离的阴影里
我们彼此缺失的身影
无法修补
一针一线缝起来的日子
轻易地，被远方戳破

远方不是诗，而是
一个黑洞
父亲，我们漏洞百出的
生活，多么相像

2017

雨帘广场

一想母亲
苏城的雨就下个不停
所有的雨都飘向我
把天空和大地打扫干净

走进雨帘
走进默片时代的旧日广场
钟声静默，鸽子起落
翅膀投下变幻的阴影

广场的长椅上
坐满我的母亲
画画的母亲
绣花的母亲
哼着越剧小曲的母亲
为生活忙碌的母亲
孤独的母亲
焦虑的母亲
疾病缠身的母亲……

不动声色地坐到她身旁
我的问候调成了静音
看她独自沉浸在
命运设定的角色里

穿过雨帘广场
一个满身尘埃的人，终获救赎
走出历史默片
我看见，阿尔卑斯的山顶上
飘满了母亲的白发

2017

通往圆月的路

中秋节，我们全家
走上一条通往圆月的路

像两团不可抑制的风
孩子们冲在最前面
他们的骨骼，迎风拔节

需加快步伐，我和先生
又不得不停下
回身看顾
日渐蹒跚的父母
夕阳的镰刀，从未宽恕过谁
他们慢下来
接受衰老和疾病的淘洗

父母的身后
还有天堂的外公外婆
他们模糊的脸，闪烁如星星
和我们一样喜悦
挤上这条小小的，象征主义的
团圆之路

2017

在书店

父亲执拗要陪我去书店
做我老老的书童

书店的时间是流水状的
在嘀与嗒的摇摆中
父亲婉拒了十杯咖啡的邀请
只接受
一只瞌睡虫的造访

书里的时间是静止的
每本书都藏着一口深井
我将自己，从潮湿的书页中
打捞出来
父亲还在指挥鼾声的节奏

歪斜着身子，头低垂
他颤动的白发
掀起，万丈光芒的巨浪
摇晃着我
摇晃着书店

2017

寂静

寂静制造了风
制造了摇曳的黄昏
制造了夕阳之火
制造了渴睡人的眼

而我的归程漫长
漫长如一粒上海出发的
青团，春分时刻
抵达夜色中的苏黎世

星光涌动
制造了一杯茶的寂静
黑夜深沉如永恒的寂静

2017

唯一

汉语是我的祖国
诗歌是我的故乡
泪水带我去远方流浪
我把祖国和故乡塞进行囊

泪水围着火焰跳舞
火焰围着灵魂吟唱
这是我唯一寄居的国土
这是我唯一栖息的家乡

当我站在
断肠人的天涯
羞愧地拿出
残存的汉语和诗歌
“你不能说我一无所有
你不能说我两手空空”

2017

坐在一朵花上

坐在一朵花上，一朵
春天的花上
在孤独的风暴的中心
我是寂静之火

悬于空中
我有陡峭的春风
一朵没有名字的花朵
托住了我的降落

一生不能落脚的鸟
一生飞不回故乡的人
坐在一朵花上
忘却人间
陡峭如悬崖的身份

2017

愤怒的大海

黑暗料理的浓缩墨汁
将白色领地吞没
魔鬼们揭竿而起，直捣
文明的餐桌

无辜的献祭者
他们的哀嚎
凋零于秋风的盛宴
血的浓度，节节攀升

野蛮在繁衍
大地上开出恶之花
哪一朵不是招摇世界的丧钟？
将大海的愤怒，一一敲遍

2017

与秋天干杯

最后的暖阳，邀请我
加入深秋的小路
它弯曲，盘旋成一个
时间的谜面

落叶纷飞
离别的笙箫，昼夜徘徊
牛铃叮叮当当，应和
光与影盛大的叹息

深秋的刀锋上
没什么可以幸免于难
牛群无辜地啃食季节的尾巴
赶在大雪压境之前

把妖娆的色彩
藏进记忆
向排山倒海的变化致敬
向瞬间永恒的死亡致敬

举起季节的酒杯
我与悲伤干杯
也与幸福干杯

2017

遇见雪

一切喧哗都寂静下来
秋天短暂
像一场来不及做完的梦

彼时少年轻狂
未觉时光如刀
忽然一副中年皮囊
恨三千青丝
寸寸译作雪花

此时寒冷彻骨
世界翻脸如翻书

2017

偏爱

我偏爱诗歌的舞蹈
旋开大海的波澜
我偏爱众神的谕旨
反讽人间律法的荒唐
我偏爱旁逸斜出的命运
刺破面具和谎言
我偏爱
手握钥匙的少年
同时打开地狱和天堂

2017

卷二

折叠天涯

2005-2007

插画　刘春潮

春

折一枝梅香
等你
你归来的脚步盈盈

北风的手
肆意的掠过断壁荒山
你却将最后一瓣飞雪
贴成晶莹的窗花

塞北的雪尚未消融
江南的雨已缠缠绵绵
绿了杨柳，红了桃杏
似曾相识的双燕
飞去又归来

窗棂上、屋檐下
听你的笑语盈盈
湿了书卷
醒了诗句

出蛹的彩蝶
跌跌撞撞
追逐
又一个四季轮回的开端

2005

废墟的呻吟

我疯狂地翻着每一块乱石
找不到一块碎片概括记忆
绝望在一点点渗透，用
想象不到的速度
风，在耳边嘲笑
太阳漠不关心

所有我能奉献的，只是
渗血的手指，干涸的喉咙
已发不出最后一次呐喊
视线扫过的景象
忠贞一次又一次被蹂躏

无辜的孩子在废墟上玩耍
老人在叹息
皱纹，泄露了沧桑的秘密
那一夜，风沙狂乱
击倒了一切美好的意象
黑暗迅速将我吞没
废墟虚弱地呻吟

远处急切的脚步，逼迫恐惧
命运的手指随意一指
有人，砸碎幸福的枷锁

仓皇逃跑
逃跑的人潮蜂拥而去
从此，失落泛滥成河

我坐在老树下
听，残枝和落花告别
被打败的笔，和文字一起
趴下，无法描述的伤痛
等待结痂。只能
从河里打捞些潮湿的情绪
晾起，晒干
然后串成，参差不齐的诗行

2005

彼岸

你一定是去了一个很美的地方
那一夜，鲜花灿烂
点燃十六根蜡烛，静静把你怀想
北京的上空
为何反复念着你的名字
曾经的豪情壮语，也隐隐在风中激昂

我们，只是暂时分离的船只
时远时近的岸
在忽远忽近的梦里飘摇
也许你已登临
也许我已迷失方向
我猜测着，费尽心思

只是今夜，一切又被伤痛惊醒
历史一声叹息，惊醒了久违的梦想
你在天堂对我微笑
天涯咫尺，咫尺天涯
挥手之间
彼岸，已向我靠近

2005

风中的消息

不知谁向夜空抛洒了一些诗句
星星，亮了起来
飞鸟的翅膀在城市里穿梭
夜行的火车
载着一颗疲惫的种子，奔跑
没人知道它的方向
也没人关心，它与蜻蜓的约定

流传于风中的消息
在荷叶上滚来滚去
凝成露珠，一头栽进水里
我把自己装扮成一尾鱼
三千青丝做成柔软的水草
天亮前，水将漫过堤岸
我衔着橄榄枝，拼命游向你

所有人都睡着了
只有月光，还在丈量
你我之间的距离

2005

走过

（一）

一缕光刺破黑暗
小草探头探脑，“哇”的一声
把懵懂与好奇哭出地面
绿，撒成一片
母亲的臂膀再也环不住
这个嘈杂的春天

（二）

知了叫开了一季的花
饥渴在枝头摇摆
世界，是握在手中的一卷地图
流浪的传说在舌尖上滚过
白鹿般的爱情与梦想
在盛夏里，被放逐

（三）

所有的色彩都纷至沓来
一粒麦穗在沉吟
而落叶在跳舞

秋天的果实只酿成一杯薄薄的米酒
人们饮尽渐凉的心事
在黄昏的街角，醉倒

（四）

趟过记忆的河流
时光结了冰
一场寒冷将冬日的羽衣撕裂
尘埃落定，驼背的老人
在收集最后几缕阳光
不断涌来的黄沙开始漫过脚趾

（五）

生命的秘密扑朔迷离
走过一程又一程
翻遍口袋，只剩下
一张单程票根

2005

秋色（组诗）

画卷

纯净的黑与白
凝固了时光
简约的笔峰一抹
一场醉，便绵延千年

仙人早已乘鹤去
只遗下
散落云中的几粒琴音
在群山间，轻轻滚动

守望

谁奏响弦上无尽的情殇
暮色渐凉
孤独的月亮升起
梦丢失在梦的地方

沉默的树，年轮疯长
驻立在初遇的路口
等待哒哒的马蹄
敲响寂寂的窗

沧桑

只能以一种姿势站立
轮回之后
彼此的目光消长
守望最初的沧桑

风穿过林梢的寂静
相携的枝条上
两棵树的爱情
苍白多少世人的
地老天荒

秋色

风驱动季节的钟摆
时光的马匹
奔跑在苍茫云雾间

脉络刻下
荣与枯的轮回
穿过几段清香
秋正漫过山崖

一些叶子开始红润
而另一些，开始焦黄

2005

遥望

——写给外婆

没有目光可以泅渡
我是夜夜溺水的孩子
两叶心瓣朝着家乡的方向疯长
绵长的风
穿过狭长狭长的弄堂

一声轻咳，咳醒惊梦的孩子
三千里云影晃动
摇椅上
八十岁的老外婆正枕着我的童年入睡
疼痛扎进温暖的记忆

如何遁走，黑夜的波涛汹涌
暗淡的月光暗淡了家乡那盏灯火
风，南来北往，吹进胸膛
抓一把雪花
擦亮遥望天涯的眸光

2005

遇

——《大明宫词》版

（一）

长安城的灯火，布下迷宫
你在眼前微笑，我身后的
爱情，如小鹿般雀跃
昆仑奴的面具下
原来你是最明媚的谜底

（二）

沸腾的长安城，喜庆
流淌过每一条大街小巷
我的排场，你的容光
驸马，驸马
我是你最完美的新娘

（三）

洞房的红烛，独自明亮
郊外匆匆的步履
掩盖黑夜的慌张
窗外的香樟，春深似海

我坐在摇摆的阴影里
孤独地描绘，幸福的模样

（四）

母后的权杖，画不圆一个童话
万人景仰的公主
也长不出天使的翅膀
你在左边，快乐停在右边
耳边遥远的风声
正回响
关于“长相守”的传说

（五）

守住，记忆里最后一缕烟花
时光的拼盘，割裂从前
绕过正月的喧闹
却绕不过
爱情的盛宴
那场，精心策划的谋杀

2006

饮一杯酒，折叠天涯

一定是梦的碎片，在光影里翩飞
酒红色的春光如此斑斓
透明的液体，倾斜了远方的地平线
泡沫翻滚，溢出乡愁

溢出乡愁，将天涯折叠
故乡的桃花不开，青鸟不来
凄冷的月光，独照窗花

母亲的皱纹，铺成弯弯曲曲的回乡路
弯弯曲曲的期盼，打成一个中国结
新年的祝福从彼岸传来
洒出桃花千朵，将欢乐并列成行

饮一杯酒，涌动异国的春潮
亮了灯笼，响了炮竹，红了自己的年

2006

春望

携地心醇厚的热力，春天
从茫茫混沌中走来
在最绝望的枯枝上，突然爆发
一场绿色风暴

坚硬的冰石只打了一个盹
就流淌成二月的溪流，三月的雨
新生的花朵窃窃私语
春的传说，被反复吟唱

缄默的竹子节节拔高
一些模糊的希冀开始萌动
幸福的母亲
把春天的音符装满空心短笛
然后塞进，孩童的书包

2006

十月的火种

——致风飞

悲喜红尘，浮生掠影，人生况味，尽在不言中。

在黑暗的河流中泅渡，冰冷刺骨。其实，火种始终握在你的手中。不是你忘却了，而是在命运的风沙中，你不得不站稳脚跟，小心地避开每一个漩涡。你一步步地穿越没有月亮、没有星辰的黑夜。时间的漏沙周而复始，仿佛无穷无尽。你只有忍耐着，只到某一天，风沙陡然而止，仿佛一切从没有发生过。黎明的曙光闪烁其词，是不明所以的天机，无法泄露。

我始终在等待晨曦的阳光，等待那片久违的阳光。时间正好指向九月，花朵收起招摇的妆容，夏末的喧嚣沉静。初秋焕然一新，开始它约定的黄金之旅。

是的，不用怀疑，十月即将来临。即使灰色的九月仍在徘徊，十月已打开它的色彩，从无法阻挡的四季轮回中发出亘古的声音。我把火柴递给你，只等着你说：来，让我们点燃十月的火种。

花朵燃烧的季节，风失了踪
日光泛滥到白热
绿浪，掩埋了整个夏天

惊雷滚过，是否能破译
最初的梦魇，你洁白的裙裾
轻轻翻飞

抱紧一个名字，从七月
开始漂流
总在深邃的红尘里，错过
等待的路口

我要拔出那根芒刺，扎进
九月的灰涩
我要你在疼痛中苏醒
即使内心，布满沧桑的年轮

看漫山遍野的枫树，点燃
秋天的火把
再不要把金黄的笛声隐藏
十月，已经出发

2006

十月的梦境

卧在一小片秋光里
眼睛还倾注于千里外的风景
喧嚣的绿色，纷纷退潮
浩瀚的金黄与虚无，一起漫上来

穿过十月的中央，一支旧曲
唤醒疼痛的章节
被忽略的雨水滋长
内心的长河，开始浮动

当梦境走向深邃，我该返回
变幻的风吹走一些旧尘
竹签里命运闪烁其词
桂子飘落，拂响沉寂的琴弦

2006

致兄弟

不曾问你这些年来如何行走江湖
只听得几声厮杀，刀光剑影日月昏黄
寻一路的酒气剑气，侠骨柔肠
武林风云在你的笔下更迭，英雄气长

青龙马一声长啸，你已抵达江南
青瓦白墙，竹影摇窗，搅碎一地的月光
翠绿的诗句抽出隐喻的枝枝蔓蔓
鹅黄的月光，从故乡铺到异乡

远远赶来的弦音切入十月的和声
我要牧一行雁群，追赶秋光
爬上异地的高岗，再拢一段桂香
为千里外的兄弟，吟咏华丽的诗章

2006

致青荷

注定要遇到你，为你长出
柔软的翅膀。穿过曲水流觞的
梦境，你绿色的手掌
如此宽大。古老的诗句
与歌谣，将北斗七星
轻轻摇落
我不是涉水而来的精灵
我只是你掌心熠光初放的露珠

2007

六月随想

一切都不曾停息
正如雨不期而来
落花随风飞逝

怀念那一场珠环叮当的樱花雨
即使六月的风景溢满眼眶
一些音容沉淀
一些笑貌扬起

喜欢这样坐在树下
随意翻开一段诗章
不想过去，不想将来
不想岁月如何消磨年华

白云停停走走
阳光明明暗暗
六月的脚步如风
成熟的樱桃，轻轻落下

2007

生命对诗歌的救赎与自救

——《一阵风吹进中年》赏析

曾　瀑

“中国好诗榜”2014年度上榜作品中，琴心浅醉（洪瑜沁笔名）的《一阵风吹进中年》是我最喜欢的一首。我之所以偏爱此诗，其理由有两点：一是它触及到了中年这个敏感而又常写常新的话题。作为一个中年人，这样的题材自然容易引起我的共鸣；二是它浓郁的“生命诗学”特质，激起了我发自潜意识深处的强烈“共振”，透过这首诗，我分明感觉到了“生之颤动，灵的喊叫”。

中年，是人生的秋天，它既是一个收获的季节，同时也是一个“多事之秋”。人到中年，知识仍在积累增长，经验日益丰富，家庭负担更加沉重，社会责任感越发强烈，然而人的生理机能及体力却在不知不觉中日益下降。心理能力的继续增长和体力的逐渐衰减，构成了中年人生命的一对矛盾，他们的诸多困惑便是由此而来。据《晋书》记载，谢安尝谓之王羲之曰：“中年以来，伤於哀乐。”元代剧作家孟汉卿曾在《魔合罗》中写道：“月过十五光明少，人到中年万事休。”两位古人，真实地道出了中年人特有的那一份忧伤、烦恼和无奈。正因为如此，中年人的喜怒哀乐、生存状态，每每成为文学表现的素材和源泉。

琴心浅醉的《一阵风吹进中年》，虽然只有短短十七行，然而却道尽了一位中年女人生命的沧海桑田，潮起潮落、花开花谢和酸甜苦辣。这首诗之所以能够取得成功，首先得益于“一阵风”这个核心意象。它的弥漫和渗透，奠定了全诗的语境和格调。这是一个经过强烈变形和高度抽象化的深度意象，同时也是一个深邃的、有着无限可能性的隐喻的“黑洞”。这个符号的能指和所指之间的关系是暧昧的，若即若离的，所指的意义是含混的，不确定的。它到底喻指着什么？也许是个人生存环境的改变；也许是人生所面临的新的考验；也许是一段新的生命历程的开始；也许是躲不过的厄运和劫数；也许是雨夜转辗反侧中对人生的一次大彻大悟……这“一阵风”，是那样不期而至却又命运般降临，正是它，吹开了诗人尘封的记忆，使她看到了如烟的往事；正是它，撕开了诗人结痂的伤口，穿过她生命的裂缝，回到曾经的痛；正是它，让诗人意识到韶华已逝，青春不再，生命是如此的短暂和脆弱。

然而，《一阵风吹进中年》的意义，不仅仅在于它唤醒了我们的中年意识，引发了我们对中年问题的思考，更重要的是，它让我们看到了“生命诗学”的实践魅力，以及生命是怎样通过诗歌拯救它而实现自救的。

生命诗学乃是以生命作为根基，从生命出发来思考和阐述诗的本质、作用乃至技术的一种诗歌理论。里尔克曾经说过这样一句著名的话：“诗来自于经验”。这里所说的“经验”，并非人们通常所指的在日常生活中积累起来的某种认识、知识和技能，而是指已经融化在人的血液中、成为主体平时不再容易觉察到的某种生命机能的记忆。这一论断，一语道破了生命诗学的奥秘和真谛。人的生命是物质与精神的有机结合体，物质性是生命的基础，也是诗歌创作所倚赖的生命力的主要源泉。中国现代诗歌最深刻的贡献在于，它自觉地显示了一种生命意识。诗的生命决定于人的生命。诗，不再是对世界的单向的楔入，不再是简单的言志或抒情的载体，而是生命与语言的猝然相遇和同构。它总是逆向深入生命形态的底部，聆听着灵魂与肉体、诞生与死亡、上升与沉沦的碰撞与喧响，体验、感悟着生命的永恒渴求和深层奥秘。

琴心浅醉带着她的诗歌从自己的生命深处走来。一首《一阵风吹进中年》，让我们体验着根的触摸、河流的悠远。透过一行行质感、钻心的文字，我们看到了生命的血色、跳动的脉搏、痉挛的灵魂、扭结的肉感、颤抖的神经，听到了从生命的深处传来的沉重回声。这“一阵风”掀开了遮蔽生命的帷幕，向我们揭示了一幅“血肉的生活现实”：“我半旧的身体，哗哗作响/像一只破损的陶罐/依旧承接着/生活的阳光、雨水和尘埃。”陶罐，是一个很中国、很传统、很悠久的意象，在这个具有图腾意义的容器里，沉淀和结晶着我们这个古老民族的集体无意识。诗人以陶罐自况，并冠之以“破损”二字，一语道尽了生命的苍凉、悲壮和沧桑。在这首诗中，诗人的笔触直接切入身体，将其作为呈现此在的符号和语言，当我们读到“身体的漏洞”、“疼痛的豹子”、“膝上乌云”、“裸露的神经”这样的诗句时，真真切切地感觉到了肉体的颤抖和灵魂的激荡。

当下，许多有识之士都在为诗歌的虚假繁荣，以及假诗、伪诗充斥诗坛而愤愤不平，扼腕叹息。何谓“假诗”、“伪诗”？就是那些游离于生命之外，毫无生命气息，形同行尸走肉的“诗”；就是那些不说“人话”，不食人间烟火的“诗”。而诗歌的这种尴尬局面，一定程度上恰恰又是“无信仰”、“去中心”、“游戏生命”的后现代语境及生存状态的真实镜像。那么，我们究竟应该怎样来拯救生命？究竟应该怎样来拯救诗歌？抑或说，我们怎样才能实现生命和诗歌的双向救赎？或许，尼采的“艺术生理学”对于今天的诗歌创作仍然不无重大的启示意义。在这一思想中，尼采将艺术同生命联系起来，认为“艺术是生命的最高使命和生命本来的形而上活动”，是使生命成为可能的伟大手段，“生命则通过艺术拯救它而自救”。

琴心浅醉的《一阵风吹进中年》堪称生命与诗歌同构和相互救赎的范例，它不仅让我们读到了一种有质感、有体温、会呼吸、会颤抖、会疼痛的诗，同时也让我们看到了一个历尽人世沧桑的中年妇女对生命的热爱，对终极价值的坚持和坚守。诗人“破损的身体”并没有“破罐破摔”，而是仍然承接着生活的“阳光、雨水和尘埃”，当时间逼迫她交出“盛夏的果实”和“私藏青春的蝴蝶”的时候，她并没有在这“日渐倾斜的秋天”草木般倒伏，而是顽强地站稳身子，继续跋涉在生命的漫漫征途上……

2016年4月6日

（曾瀑，云南省昭通市人，现居北京，出版有诗集及报告文学集多部，曾获第六届中国铁路文学奖）

作者简介

诗人洪瑜沁

瑞士华语诗人

笔名：琴心浅醉、玫落秋水

瑞士IB中文教师

“中国好诗榜”2014年度上榜诗人

零零诗社创办人

图书在版编目(CIP)数据

时间密码/洪瑜沁著. —上海:华东师范大学出版社,2018

ISBN 978-7-5675-8074-9

Ⅰ.①时… Ⅱ.①洪… Ⅲ.①诗集—中国—当代 Ⅳ.①I227

中国版本图书馆 CIP 数据核字(2018)第 169412 号

华东师范大学出版社六点分社

企划人 倪为国

时间密码

作　　者　洪瑜沁
责任编辑　古　冈
装帧设计　夏艺堂　汪　弢

出版发行　华东师范大学出版社
社　　址　上海市中山北路 3663 号　邮编　200062
网　　址　www.ecnupress.com.cn
电　　话　021-60821666　行政传真　021-62572105
客服电话　021-62865537　门市(邮购)电话　021-62869887
地　　址　上海市中山北路 3663 号华东师范大学校内先锋路口
网　　店　http://hdsdcbs.tmall.com

印 刷 者　上海盛隆印务有限公司
开　　本　890×1240　1/32
插　　页　1
印　　张　4.25
字　　数　86 千字
版　　次　2018 年 9 月第 1 版
印　　次　2018 年 9 月第 1 次
书　　号　ISBN 978-7-5675-8074-9/I·1919
定　　价　48.00 元

出 版 人　王　焰